# *Childhood*
こどもの時間

Emily R. Grosholz
早川 敦子

18 poems from *Childhood*

Copyright © 2014 Emily R. Grosholz
Japanese translation copyright © 2015 Atsuko Hayakawa
Illustrations by Chihiro Iwasaki

Originally published in the United States of America
by Accents Publishing, 2014
All rights reserved.

No part of this book may be used or reproduced in any manner
without written permission from the copyright holders.
Japanese translation rights directly arranged with Emily R. Grosholz

目次

Poems

雨を見つける　/ 10
The Discovery of Rain

耳を澄ます　/ 14
Listening

36週　/ 16
Thirty-six Weeks

秋のソナタ　/ 22
Autumn Sonata

養子を迎える　/ 32
Adopting

偶然と本質　/ 38
Accident and Essence

水たまりを見つけて　/ 42
The Discovery of Puddles

はじめてのピアノレッスン　/ 44
First Piano Lesson

娘に　/ 50
To My Daughter

地上の星 　/ *58*
The Stars of Earth

願いのかたち 　/ *64*
The Shape of Desire

エデン 　/ *66*
Eden

本物の弾丸 　/ *70*
Real Bullets

薔薇 　/ *76*
Roses

シャテル・モンターニュからの手紙 　/ *80*
Letter from Châtel-Montagne

有限性 　/ *82*
Finitude

カリブの海賊 　/ *84*
Pirates of the Caribbean

一輪のスノードロップ 　/ *88*
Snowdrop

あとがき 　/ *95*

# 雨を見つける

足は裸足(はだし)
頭は黒い豊かな巻き毛だけ
四月の草の中で遊ぶ幼な子

と、突然降り出した、やさしい雨
最初はぜんぜん気にもとめない
それから、巻き毛をさわって

どうも濡れているみたい　もっと濡れてきたみたい
地面にさわって見つけたはじめてのもの
すべてを変えてしまうもの

どこから来たのと上を見上げる
あるのは葉っぱと空だけだけど
ずっと上を見上げているのは

── これは本当のこと、それとも夢 ──
幼な子は
やわらかな雨につつまれてうれしいのだ

# The Discovery of Rain

Barefoot, bare headed
Except for those luxuriant black curls,
The baby stands at play in April grass.

Rain starts suddenly, lightly,
So at first he notices
Not at all. Then touches

His curls, to find them damp and dampening.
Touches the earth, discovers
Something new that changes everything.

Looks up to know the source
And sees just leaves and air,
But goes on looking up because

—Reality or dream—
It pleases him to be
Watered by warm rain.

# The Discovery of Rain
雨を見つける

K MURAJI

# 耳を澄ます

言葉が聴こえてくる
姿は見えないけれど、やがて生まれてくる
静かにわたしの内に息づいているわが子

まだ名もないわが子のために
わたしがつむぐ言葉のなかに、あなたは生まれてくる

言葉で世界を語り尽くすことはできないけれど
わたしたちが語り続ける限り、そこに世界はとどまるだろう
ただ言葉だけが、ふたたび地上に
楽園を築くことができるから

その庭に咲いたのは薔薇、いや、そのかたわらに集う
「夜の学派」と呼ばれた詩人たちの熱弁と賞賛の言葉
いまも、わたしたちの記憶によみがえる

薔薇は自ずとその種を蒔き、存在をつなぐ
でも詩人たちがよりたのむのは、言葉に耳を澄ますものたち
母たちがよってたつのは、ゆりかごをみたす自分自身の言葉

わが子はまだひそやかに
花々の沈黙と
おとなたちが交わす、知恵と他愛ない言葉の間に身を横たえて
この世に生まれ出るのを待っている

# Listening

Words in my ear, and someone still unseen
Not yet quite viable, but quietly
Astir inside my body;

Not yet quite named, and yet
I weave a birthplace for him out of words.

Part of the world persists
Distinct from what we say, but part will stay
Only if we keep talking: only speech
Can re-create the gardens of the world.

Not the rose itself,
But the School of Night assembled at its side
Arguing, praising, whom we now recall.

A rose can sow its seed
Alone, but poets need their auditors
And mothers need their language for a cradle.

My son still on his stalk
Rides between the silence of the flowers
And conversation offered by his parents,
Wise and foolish talk, to draw him out.

# 36 週

一本の木、あるいは惑星のように
環の中にいる感覚
きっとあなたも感じているでしょう
なにかに囲まれているのを
私のなかで目覚め、眠り、息づいている命
夕餉のあとには散歩に出かけたかろうに
環の中で息をひそめて、気ままに、天井を蹴ってダンス

私は彼の屋根、壁
封印された蒼いワインの瓶が並ぶ古びた穴倉
彼の浜辺、巻き貝のように打ち寄せる波
それはやがて、私の胎盤のゆるやかな波動へとかわってゆく
波は小さな部屋に流れ込み、私の中で渦を巻く
彼の公園、脈走る緑の草地
命の糧となるように、豊かに水が注がれた肥沃な大地
私の心臓の下に、あたたかな季節が訪れて
太陽と雨が喜んで手をかしてくれる

私のからだの中に広がる無限の闇と波の向こうから
二つの声が聴こえてくるでしょう
母親のアルトと、父親のテノールが響きあう会話

# Thirty-six Weeks

Ringed like a tree or planet, I've begun
To feel encompassing,
And so must seem to my inhabitant
Who wakes and sleeps in me, and has his being,
Who'd like to go out walking after supper
Although he never leaves the dining room,
Timid, insouciant, dancing on the ceiling.

I'm his roof, his walls, his musty cellar
Lined with untapped bottles of blue wine.
His beach, his seashell combers
Tuned to the minor tides of my placenta,
Wound in the single chamber of my whorl.
His park, a veiny meadow
Plumped and watered for his ruminations,
A friendly climate, sun and rain combined
In one warm season underneath my heart.

Beyond my infinite dark sphere of flesh
And fluid, he can hear two voices talking:
His mother's alto and his father's tenor
Aligned in conversation.

あなたが浮かぶ古代地中海の、柱のような岩の向こうから
遠く二つの声が歌う
海の向こう、エメラルド色に広がる大きな新世界を
夢見てごらんと

さあ、時がみちたら、小さな船のように漕ぎ出しなさい
頭を船首に、肺にいっぱい帆を張ってエンジン全開
お腹の船艙に航海の支度を整えて
私に初めて会うために
あなたがそこで出会うのは
壮大な世界でも、宮殿でも、天の向こうに光り輝く
エジプトの女神でもなく
あなたに触れるのをやつれるまでに待ちわびて
あなたに向かって腕を広げる、ひとりの母の姿です

私は、あなたの父親のかたわらで
あなたがやがて学びはじめる言葉を話しかけているでしょう
私たちのうしろには、不思議に、光さす世界が現われて
あなたはついに気づくでしょう
私の中で見ていた世界は、もっと大きな地球
大気の海原と空の軌道だということを

Two distant voices, singing beyond the pillars
Of his archaic mediterranean,
Reminding him to dream
The emerald outness of a brave new world.

Sail, little craft, at your appointed hour,
Your head the prow, your lungs the sails
And engine, belly the sea-worthy hold,
And see me face to face:
No world, no palace, no Egyptian goddess
Starred over heaven's poles,
Only your pale, impatient, opened mother
Reaching to touch you after the long wait.

Only one of two, beside your father,
Speaking a language soon to be your own.
And strangely, brightly clouding out behind us,
At last you'll recognize
The greater earth you used to take me for,
Ocean of air and orbit of the skies.

秋のソナタ


にぎやかに頭上を飛んでゆくカモの一群
あなたの耳にゆっくり流れくる彼らのおしゃべり
言葉はまだ分からないけれど

奏でられる音楽にあなたは耳を傾ける
怒りは涙を
歓喜はまだ歯も生えぬ口元に微笑みを誘う

なんだろうと立ち上がって見るあなた
語り合う人たちの膝に座って、耳を傾けて
命の鼓動がもたらすものに思いを向ける

トウワタの草のようにしなやかなあなたの髪を
抱き上げるたびに思わず撫でる父母の手を

あなたは払いのけるように動いてみせる
充たされて 抱っこにまあるく身体をあずけ
おなかがすくと、弓のように身を反りかえらせる

## Autumn Sonata

The ducks are raucous, flying overhead,
And all the talk you hear is running slower.
You don't quite get the words,

Not yet, but you can estimate the music.
Anger makes you weep, and a good laugh
Raises your toothless smile.

You stand to look, and listen as you sit
In the laps of people talking,
Wondering what the tides of life can carry.

Your hair is soft as milkweed;
Your father and I caress your head
Whenever we hold you, half unthinkingly,

And you move up against that stroking hand.
Your body curves along us when you're full
And arches when you're hungry.

私たちが名前を呼ぶと
横を向いてうれしそうに、でも困ったような顔をして
踊る草をつかもうと

歌い、やって見せ、答え、覚えようといっしょうけんめい
ひとつひとつ　揺れるぶどうの葉っぱ
くすんだ樫の木、黄色いツリフネ草というように

でも、あなたはほとんどすぐに忘れてしまう
でも、私が書きとめておく
やがてあなたはその意味を教えてくれる

話し好きで、無口な息子
群れなして南に飛んでゆく鳥たちの
言葉は分からないけれど
あなたはその調べに耳をすます

We speak to you by name
And you look sideways, willing but mystified,
Trying hard to grasp at dancing straws,

To sing, to show, to answer, to remember
One by one the grape leaves as they tumble,
Somber oak and yellow jewelweed.

And yet for the most part you soon forget.
And yet I write this down
So you can tell us later what it means.

My voluble, mute son,
Who listen as the birds go storming south,
You know the melody, but not the words.

# Autumn Sonata
秋のソナタ

# 養子を迎える

## I. その前

たしかな返事を待ちつづけて三日
無言の空に虹がかかった
あなたを迎えたいと願う一途な思いは変わらない
かりそめの巣のどこかにひっかかったまま
あなたは現実のとても近く、遠い存在

壁にうつる太陽が描く不思議な線をたどりながら
喪失と可能性の境界の上で
思いめぐらせているにちがいないあなた
未来は、まだ小さな芽をだしたばかり

これからのあなたの家族のすがたを思い描いて
キリストの誕生を告げる星をたどっていくと
そこにあなたがいる
唯一無二の存在
すべての子どもたちがそうであるように
測り知れないその存在を、私たちはただ思い描く

# Adopting

I. Before

Three days of waiting for the ultimate yes,
The rainbow uttered on a speechless sky.
Nothing distracts us from our wish for you
Suspended somewhere in your makeshift nest,
Real, inaccessible.

You must be waking on the painted sill
Of possibility, tracing the strange
Curve and stretch of sunlight on the wall,
Sensing a presence lost.
Only a small idea to us now,

You fill the thoughts of your abstracted family,
Willing to chase the stars to Bethlehem
And find you as you are:
All that we recognize and never fathom
In any child, and all that we imagine.

II. その後

あなたの誕生日は雪嵐
吹雪の山道に
車を走らせ
あなたを家に迎えた日

来る夜も来る夜も
12時、3時、7時に目を覚まし
なにが気に入らないというわけでなく　ただただ
おなかをすかせてミルクと私をさがしていた

ミルクをあげて抱っこのゆりかご
光が揺らぐ鏡のかたわら
バスタブにお湯を張りながら
さあ、おやすみなさいと

II. After

Snow stormed on your birthday,
Stormed on the day we drove
Down from the snowy mountains
To bring you home.

Night after night you wakened
At midnight, three, and seven,
Not fussing, but still hungry
For milk and me.

I fed you, and then rocked you
Beside the glinting mirror,
Running water in the bathroom
To make you sleep.

外では雪が降りしきる
鏡の中も銀世界
前へ後ろへ抱っこのゆりかご
あやしながら、立ち眠り

流れる水の音に誘われて
まどろんだり目覚めたり
そんな夜を共にすごして
それは二度目の分娩のとき

見知らぬ他者の壁を越えて
ゆっくり一緒にただよって
下へ内へと疼きに耐えて
ひとつの同じリズムを刻む

ひとつの匂い、長い愛撫
渦巻く雪の子宮から
あなたと私が一緒になって
無事に産まれた

Outside the snow kept falling,
And silvered in the mirror;
I rocked you back and forth
And standing, slept.

Between our sleep and waking,
To the sound of water running,
Those nights we both endured
A second labor.

Out of the separate strangeness
We drifted slowly together,
Aching down and inward
To make one rhythm.

One smell, one long caress.
A womb of whirling snow,
And you and I together,
Safely delivered.

## 偶然と本質

これは誰の目？　深い青が滲む黒い目
ひらめきと愛に輝き
涙を流し、煙を上げる炎のように燃える
私が知らぬ人たちから受け継いだ目は
私の目より彼らに近い

あの朝から始まったあなたとの出逢い
私の腕の中に生まれ落ち
突然私たちは親子になった
血の繋がりの絆ではなく
ただなかば偶然の愛がつないだ本質ゆえに

二階上の部屋からのあなたの泣き声に
私は飛び起きて階段を駆け上がる
まちがいなくあなたはいる、この暗がりのなかに
私にとって未知のものは、光の中を通り過ぎてゆく
まるで白昼夢の亡霊のようにあとかたもなく

# Accident and Essence

Whose eyes are those? Bituminous black eyes
That shine with sheer inventiveness, and love,
And when they weep, burn with a smoky flame.
Dearer than my own,
They stem from people I have never seen.

All I can say of you began the morning
You were delivered whole into my arms
And suddenly we became
Mother and child, not interlocked by blood,
Only by love's half-accidental essence.

Your cry two flights away
Startles me up the stairs and out of sleep;
I find you in the dark unerringly.
All that I don't know travels in the light
Without allusion, like a daytime ghost.

名を知らぬ、あなたの実の父と母
そしてその親たちや親類の顔が
あなたの表情にふと浮かぶ
でも、私に微笑みかえすあなたの顔に
彼らの笑顔を想うだけ

そうしてあなたに繋がる人たちが
一瞬あなたの顔をよぎる
あなたにとっても私にとっても、あなたに映った本物の顔
信じられないわ、と頭を振るあなたのおばあちゃん
大きな口をあけて笑う、背の高いおじいちゃんのまあるい頬も

Surely the nameless parents of your birth,
Their parents' parents and collateral kin,
Must often surface on your changing face.
But I can only guess them in your smile
That stirs and answers mine.

And so they gather, fleetingly refracted,
But real to both of us:
Your birth-grandmother's gesture when she shook
Her head in disbelief, and her tall husband's
Rounded cheek, his open-throated laughter.

# 水たまりを見つけて

長ぐつをはいて考えこみながら
水たまりにうつる太陽を見て
いまだ、とジャンプ
息子もわたしも
とつぜんの水しぶきにぎょうてん
あっという間に泥の水玉もよう

「ぴしゃ」タイミングをみきわめて、彼はふたたびジャンプ
頭上で小鳥が
お見事といわんばかりににぎやかにさえずる
その声に彼も応答、「小鳥だ」

彼の喜びは二月半ばの太陽のよう
早咲きの待雪草のよう
頭上の小鳥が思わずさえずる
甘い歓喜の歌のよう

わたしはけっして言わない
「おやめなさい　こんなに汚れて泥んこよ」なんて
さんさんとあふれでた光に
そしてダイヤモンドの泥をちりばめた長ぐつをはいて
ぴしゃぴしゃ水しぶきを上げながら
わが子がたしかに語った二つのことばに
いまわしい母の言葉は口をつぐむ

# The Discovery of Puddles

Standing in his boots, in contemplation,
He watches sun spring off the patch of water,
Then leaps. Both he and I
Start at the burst and magnitude of spray,
Our sudden decoration of muddy droplets.

"Plash," he observes, correctly, and jumps again,
While overhead a bird
Sings out its two-tone as if in applause.
Acknowledging the call, he answers, "Bird."

His joy is like mid-February sun,
Snowdrops blooming early,
The irresistible, delicious cry
Plied by the bird above. I do not say,

"Stop it. You're getting dirty. What a mess."
My irritable mother-tongue is silenced
By the great flood of light,
Two words uttered truly by my child
Splashing in boots of diamond-spangled mud.

# はじめてのピアノレッスン

何年も、子どもたちは白い鍵盤を叩いていた
ときどき黒い鍵盤も　たまに偶然、指をめいっぱい広げて
でも、音楽はどうやったら生まれるの？と不思議がる
消えてしまう

今日、「ド」から「ソ」まで指を広げて弾いてみた
ジヴェルニィの池にモネが描く橋がかかったみたい
「ソ」から「ド」まで、虹がかかった？
霊気を漂わせて少し斜めに　たしかに、くっきりと

こどもたちはグランドピアノの周りに目を丸くして立ちすくむ
やっと長い音のざわめきから
輝きが滴る瞬間をつなぎ合わせて
その網のなかに掬いあげることができるようになった

金いろの魚、音楽を！

# First Piano Lesson

For years they have been pressing the white keys,
Sometimes the black, occasionally, haphazardly
Great fingerfuls together. But where
Exactly was the music, they wondered? Gone.

Today they built a bridge from C to G
As if across Giverny's garden pond.
Perhaps it is a rainbow? G to C,
Aural, slant-visible, inevitable, clear.

They stand amazed around the grand piano
Capable at last of lifting up
From sound's long restlessness the dripping
Glittery net of intervals and in its knotted strings

That golden fish, a song!

# First Piano Lesson
はじめてのピアノレッスン

# 娘に

まだ小さすぎて
浅瀬の水も肩より高い
でも砂にしっかり足をふんばって
あなたは怖くても嬉しそうに、まっすぐ立っている

皮膚のしたに流れる
青緑の海水の血は
あなたを私から引き離してゆく
あなたは海の娘だったから
私のもとにくる前に
私もあなたが生まれる前に
母のもとを離れた

幼い娘よ
あなたと私が
大陸の間をめぐり流れるあの大きな潮の流れに抗って
しっかりふんばっているときも
私たちは自分のなかの海に漂っているの

## To My Daughter

You are so small that shallow water
Breaks above your shoulders, but you stand
Straight with your feet in the sand,
Frightened, delighted.

Your salt blood, blue-green
In rivulets beneath the skin,
Draws you away from me:
You were the ocean's daughter
Before you were ever mine.
I too, before you were born,
Escaped my mother.

Little one, though you and I
Hold ourselves hard against
The tide of that great river
Rounding continents,
We are fluid at our center.

いつかあなたは
愛するものを抱くように
波をその腕につかまえて
私のようにずっと惹かれてやまぬ
流れの内に外にと
身をゆだねていくことでしょう

あなたを生んだ大いなる波にずっと乗ってゆきなさい
私がはるかかなたに消えゆこうとも、あなたは
光さす、美しく力強い冒険の
波頭に乗って進んでゆきなさい

One day you'll take the waves
In your arms like a lover
As I do now, for hours
Half in, half out
Of that seductive element.

O ride forever on your diviner parent,
Though I am long dissolved away,
Ride over the crests, as bright,
As fine, as wildly play.

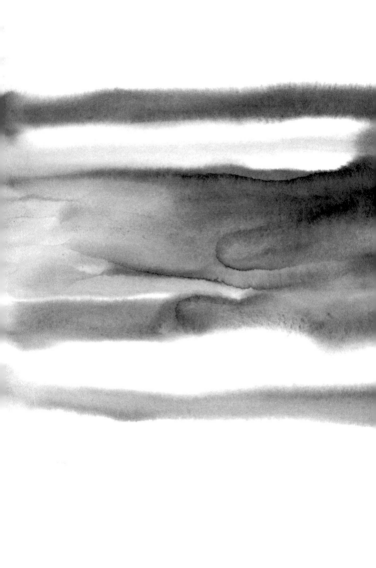

# 地上の星

出ていらっしゃい、外に、早く　こどもたちにささやいた
この夏の夜に、うるさいゲームの画面や携帯電話やテレビや
メールやパソコンになんて張り付いてないで
ねぐらからもぞもぞと、ぼんやり顔で出てきたこどもたちが
　　ついてきた


あてもなく道を横切り　教会のそばの丘をのぼって
とうもろこし畑の端っこまで行って谷の闇をみおろす
遥か遠くにでこぼこの丘陵の闇が広がる
５万年前に氷河が運んだ岩が創った丘陵　その時にはなかった
　　夏
あたりはすべて闇　畏れに震える３人の子らをつつむ
　　ぬくもり
そして灯に包まれた一本の木のもとに帰ってくる　灯は
　　蛍
旧い樫の木　てっぺんから根っこまでちりばめられた小さな
　　でこぼこ
それがみな鼓動して輝いて、求愛の歌を歌うかのよう
ただその歌をつつみこむのは
　　　沈　黙

# The Stars of Earth

Come away, come outside now, we whispered to the children
Who, that summer's night, were plastered to the noisy screen
Of their electric muses, cell phone, television, texting, Word.
They tumbled from their couches anyway, half-roused, and followed

Blindly across the street and up the hill beside the churches,
Far to the edge of cornfields, looking down the valley's darkness
And farther away the darkness of uneven glacial hills, moraine
Fashioned fifty thousand years ago, years when there was no summer.
Darkness everywhere, and three awed children shivering in the warmth,
And as we turned back home, we came to a tree on fire with fireflies,
A veteran oak encrusted from crown to root with tiny disturbances
That pulsed and blazed as if they sang of love, but sang in silence.

# The Stars of Earth
地上の星

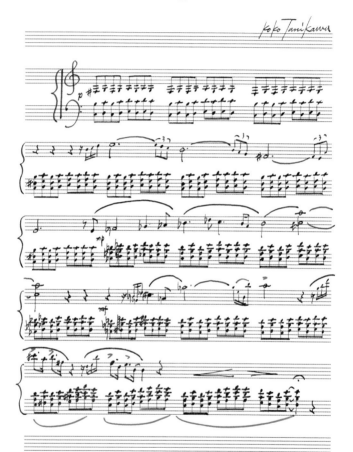

# 願いのかたち

飛行機が空に残してゆく薄い跡を
あなたはいつも指でたどって
さいごにこう言う 「飛行機行っちゃった」
ベビーシッターの、黒い目をしたかしこい少女の夢から覚めて
あなたはこう言う 「ルル行っちゃった」
そして、また現われてくれないかと
扉の長い窓枠に走り寄る
記憶と雲のなかからその姿を紡ぎだして
願いのかたちを言葉にしてみせる

恒星はみな、左手に吹き出しを携えて軌道を巡り
そこに存在の軌跡を語っているとあなたは信じている
そして友だちはみな、たとえ離ればなれになっても
名前を呼べば戻ってくると
あなたの言う通りかもしれないし、そうでないかもしれない
繊細な愛の放物線(パラボラ)

# The Shape of Desire

Tracing an airplane's pale trajectory,
You always point, and finish, "Airplane gone."
Waking from dreams about your babysitter's
Dark-eyed, clever daughter, you conclude,
"Lulu gone," and hurry to the door's
Long windowpane to see her reappear
Freshly composed from memory and clouds.
Now you can say the shape of your desire.

Now you believe that each sidereal item
Carries a left-handed banner to describe
Through curl and dissipation how it was,
That every friend is summoned by a name,
Even in parting. You are wrong, and right
About the frail parabolas of love.

# エデン

漫画の、いかにも派手な色彩をまとって
恐竜のおっきな赤ちゃんが
ティラノザウルス・レックスが近づいてくる影に後ずさり
「きっとママがなんとかしてくれるよね」とあなたは言う
真剣に心配して、最善の解決を願って

おっきな爆発音、家の中の電気が消えて
外にとびだすと
かじられて半ば裸になった電線の中に
動かぬ一匹のリス
現実を説明しようとする言葉、「リスは死んでる」

ちがう、あなたは私に別のことばで説明する
「寝てるんだよ　ママが帰ってくるところだよ」
やがてリスが取り去られたあとにあなたは言う
「ママがちゃんとしてくれた」
がんこに、自分が信じていることが正しいと

# Eden

In lurid cartoon colors, the big baby
Dinosaur steps backwards under the shadow
Of an approaching tyrannosaurus rex.
"His mommy going to fix it," you remark,
Serenely anxious, hoping for the best.

After the big explosion, after the lights
Go down inside the house and up the street,
We rush outdoors to find a squirrel stopped
In straws of half-gnawed cable. I explain,
Trying to fit the facts, "The squirrel is dead."

No, you explain it otherwise to me.
"He's sleeping. And his mommy going to come."
Later, when the squirrel has been removed,
"His mommy fix him," you assert, insisting
On the right to know what you believe.

世界は本当に信じがたいような
偉大で、ふしぎな小さきものたちでみちている
そしてあなたは
創造されたばかりの、まだ罪を知らぬこの楽園(エデン)のアダム
あなたは自らの意志で世界を見て
人間に与えられた名前を識る

神のように、私はあなたをここにつれてきた
神のように、私は万能のように振る舞い
たいていはあなたの助けとなり、ときに地獄のように怒る
なにか起きても、小さなことなら
絆創膏や電池やテープや薬でなんとかする

でも私は万能でないと、やがてあなたは気づくだろう
草のなかに滑っていった蛇を追うことも
夕暮れの背後から突然現われて
炎の剣であなたを脅かす背の高い天使を追うことも
できない無力さを

The world is truly full of fabulous
Great and curious small inhabitants,
And you're the freshly minted, unashamed
Adam in this garden. You preside,
Appreciate, and judge our proper names.

Like God, I brought you here.
Like God, I seem to be omnipotent,
Mostly helpful, sometimes angry as hell.
I fix whatever minor faults arise
With band-aids, batteries, masking tape, and pills.

But I am powerless, as you must know,
To chase the serpent sliding in the grass,
Or the tall angel with the flaming sword
Who scares you when he rises suddenly
Behind the gates of sunset.

# 本物の弾丸

上の息子は正義漢
このところ、どこへ行くにも重武装
銀色のF-4、そしてメッサーシュミット機の爆撃兵の制服
38口径の空銃やプラスティックのライフル銃に
すこしは威力もあるスポンジの弾丸をこめて

戦闘の話に興味津々　伝説の錫の盃で
マリアナ海溝の水を飲み干さんばかり
果てしない海の境界めぐる敵との紛争
ドイツの都市を空から狙う航空隊
太平洋を突き進む駆逐艦隊まで

毎日、朝昼夜の食卓で
物知り顔の父親はここぞとばかり語ってきかせる
父さんの父さんは海軍の軍人だった
毎年こどもをおいて半年も
戦争の後始末、水雷を片付けに出かけたものさ

「どうして父さんは、大きくなっておじいちゃんみたいに
海軍にいかなかったの？」
けげんそうな面持ちで私に尋ねる上の息子
「あのね、父さんは　なんとか徴兵されまいと努力をしたの
ひどい戦争でベトナムなんかに行きたくなかった」

# Real Bullets

My firstborn child, son of the right hand,
Goes everywhere lately fabulously armed
With silver F-4 bombers, Messerschmitts,
Empty .38's and plastic rifles
Loaded with spongy projectiles that still hurt.

His thirst for battle lore is a tin cup
Whose bottom drains the Marianas Trench
And salty gallons of enemy engagements,
Air corps daring over German cities,
Fleets of destroyers carving the Pacific,

Flow in every day at breakfast, lunch,
And dinner from his well-instructed father,
Child himself of a Navy career man
Who used to leave his children six months yearly
To sweep the minefields of a finished war.

"Why didn't Dad grow up and join the Navy
Like grandpa?" My eldest son examines me,
Somehow embarassed. "Son, in fact your father
Tried hard not to get drafted. He never wanted
To land in Viet Nam, sunk in a bad war."

「徴兵ってなんのこと？」
「戦争になると、国は決まって国民を兵士にして戦場に送るの
男たちは　みな徴兵されて」と私は加える
小さな息子の顔をみる、私の言うことがわかるかしらと
そう、わかっている

「どうして？」やにわにむきになって、彼は口調を荒げる
「母さんは、国がぼくを戦わせられるっていうの？
撃たれるために、戦場にぼくを送れるって？
敵の銃が僕を狙い撃ちするところへ送り出すって？
本物の弾丸で？」

メッサーシュミットは台所の床めがけて垂直降下
私の小さな兵士、正義漢の息子は
泣いている　激しく
そして私は、おなじように突然
息子たちを産んだ母親の運命に思い至って
彼とともに泣いている　互いの腕に身を沈めて

"What's 'drafted'?" "Usually governments in wartime
 Exercise their right to make citizens
 Fight as soldiers. Male citizens," I add,
 Turning to face my little boy, uncertain
 Whether he understands. He understands.

"What?" he demands, suddenly agitated.
"You mean our government could make me fight?
 You mean they could send me out on a battlefield
 To get shot? Send me out in the open where enemy
 Guns would really be shooting at me? Real bullets?"

The Messerschmitt nosedives to the kitchen floor,
And my small soldier, son of the right hand,
Is weeping, hard. And I, who equally suddenly
Understand the old doom of bearing sons,
Weep with him, and we fall in each other's arms.

# 薔薇

輝く一筋の道、まっすぐに流れる薔薇いろの線
いま、鮮やかな流線型を描いて
この旧い館の高窓の彼方
早朝の澄んだ空の蒼と交わる

なにかのサインか、偶然か　また別の線が横切り
もう一本は、並ぶ二本の線をゆっくりとたどる
——パリの空に記される航路
だれもが夜明けに地に降り立ちたいと願う

人間を駆り立てた歴史とは
銃、戦車、爆撃　星のように地上に降り注ぎ
その粉塵の雲のあとには
30年のちの殺戮をもたらす兵器がつづいた

初めてのパリ、立ち並ぶ壁に残る
弾丸の跡に、その記憶を知った
いま、穴は漆喰に塞がれ
私もまた記憶をたどることを忘れる

# Roses

A glowing line, a rosy tautly-drawn
And now unraveling, feathering streamline crossed
The lucent early morning blue of sky
Beyond high windows, here in the chateau.

It was a sign, and wasn't. Another line
Bisected it, another slowly traced
A parallel of lanes: flight patterns over Paris.
Everyone wants to come to earth at dawn.

Great events involve men on the move
With guns and tanks, explosions in the air
Falling to ground as stars, then cloudy ash,
Then chemicals that kill thirty years later.

When I first came to Paris, walls were often
Scored with bullet holes, as a reminder.
Now the walls are plastered or filled in
Or I forget to see what I remember.

歳月を重ねた私には
もはや破壊の爪あとが偉大な歴史には見えない
輝く線が窓枠の向こう　私の薔薇の茂みへと繋がってゆく
空低く、外ではなく内なる場所へ

20世紀の薔薇の茂み
戦慄の歴史のなかにも　二輪の花が咲いた ──
すべての人に一票を　すべての子らに学び舎を
実現へと道はまだ続く　その志を、高く掲げて

輝く二輪の薔薇に　心を向け、土を耕し、水を注ぎ
めぐる年月を数えつつ　票を投じ　子らを健やかに育てゆけば
その子らはいつしか　壁に、空に、記された言葉を
読むことが叶うだろう
記憶の文字が薄れ、消えゆく前に

Now that I'm getting old, I fail to see
Catastrophe as greatness. The bright lines
Lead to my rosebush on the windowsill,
Indoors not out, and lowly aerial.

The rosebush of the twentieth century,
Despite its charnel greatness, bore two flowers:
One vote, one soul and school for every child,
Honored often in absence, but still honored.

Praise the roses, tend the soil and water,
Vote twice yearly, raise your children well
So they can read the writing on the walls
And in the sky, before it fades and falls.

## シャテル・モンターニュからの手紙

村の向こうに続く道に沿って
教会の裏をとおる
午後の太陽のぬくもりのなか
そこにそびえる石の壁
珊瑚色のツリガネ草のあいだの光の道に
小さなハチドリが羽をきらきらさせて舞っている
お馴染みの太った黒い蜂とおぼしき大きさ
まだ足りないといわんばかりに蜜を吸いに
草のあいだにこしらえた巣は、どんなに小さなことだろう

帰路を辿る夕べには石はもう熱を失い
ツリガネ草は花を閉じ、ハチドリも姿を消している
一秒間に30回も羽を動かすんだと息子は言う
でもその奇跡はもう呼び起こせない
ひ弱な花は顔をそむける　沈黙が夕べの祈り
見せてやりたいけれど、もう遅い
シャテル・モンターニュから
言葉で記すほかは

# Letter from Châtel-Montagne

Along the road that leads beyond the village,
Behind the church, late afternoon sun warms
A great stone wall. Among the coral bells
Lit by its passage, tiny hummingbirds
No larger than the frequent fat black bees
Hover and shimmer, trying to drink their fill
Though they are never satisfied. How small
Their nests must be, woven inside the grass.

When we return, evening has cooled the stone
And closed the bells. The hummingbirds are gone.
My son observes, their wings beat thirty times
A second, but the miracle described
Must fail to conjure them, and the frail flowers
Avert their gaze. Silence is evensong.
It is too late to show you what I mean,
Writing only with words from Châtel-Montagne.

# 有限性

夜明け前に目覚めて、幼い息子と私、座ったままうつらうつら
夢のなかから意識の世界へと、ゆっくり移ってゆくとき
小さな物言わぬ足の指をゆっくり数えてみる
いつも10本　どこから始めても、同じ
ねえ、見て　息子がやにわにドアの小さな窓をとおして
雪に映る細長い影を指差す
楓、樫、胡桃の細い影が夜明けに広がる

つま先だってジグザグと窓辺に駆け寄って
彼は、高窓の上にはまった金のパネルや
飾り窓の木や薔薇の模様にうっとりしている
と、模様が解けて動きだす　朝の祈りの歌が聴こえる
窓の向こうの窓が消えゆく
息子は私の腕に駆け寄って
太古のふしぎな言葉で質問をする
私は、おなじように謎にみちた
陰のなかのキスで答える

# Finitude

Awake before dawn, my son and I sit drowsing,
Lapsed from a dream, louring toward consciousness,
Nursing a little, musing, counting our toes.
There are always ten, no matter where we begin.
Oh, look. He suddenly points at the closed door-windows
That cast over snow, past spindly lank silhouettes
Of maple, oak, black walnut, into the dawn.

On tiptoe, weaving, he runs up close to the windows
Charmed by the panels of gold set high among mullions
Of boles, the roses fastened in tracery-branches.
Yet how the fasteneing ravels: our matins are sung,
The windows beyond the windows wither away,
And then he returns to my arms asking his questions
In an ancient, unknown tongue. And all of my answers,
Equally enigmatic, are kisses in shadow.

## カリブの海賊

薄暗がりへゆっくりと漕ぎ出した
と、突然始まった冒険　闇に突入
絶叫音のあとには
火を噴く大砲と屍
舟の周りに死体が浮かび
乾いた地面は火におおわれる

みんな偽もの、でも怖がりなあなたには　分かりっこない
小さなあなたは　私に抱かれて　最初はしりごみ
それから震えて　身を硬くする──
だいじょうぶ、私が一緒　でも、大きい子らの
危機一髪の冒険に　一心同体の私たち

まわりは騒然　大混乱
とうてい手には負えないと、あなたは私にしがみつく
だいじょうぶ、いつもみたいにぴったり躯をくっつけて
しっかり抱きしめていてあげるから
作りものの混沌は　私のうしろに引き下がる

# Pirates of the Caribbean

What begins as a slow drift into half-light
Suddenly accelerates: a plunge into darkness
Accompanied by rending voice-over screams
And then a world of cannon fire and carnage:
Bodies float up around us, dry land ignites.

All fake, but who's to tell you that, my smallest
Easily-startled baby? In my arms
At first you wince and shiver, then go rigid --
I'd save you, but we're prisoners of a moment
Explosively contrived for older children.

So, utterly unequal to the hoopla
And razzle all around us, you give up
Turning to nurse. The pow of invented chaos
Withdraws behind the stillness of my body
That bends and opens just the same as always.

私の躯が送る信号で　あなたは気づく
頭上の三つの星のこと　足下のあたたかな海流のこと
私の腕は　あなたの小さな舟を繋ぐ海岸
時みちて　あなたがたったひとりで　深く冷たい大海原へ
漕ぎ出してゆくとき　私の魂をたずさえてゆきなさい

灯台と星座の目印のように　あなたが航路を描けるように
懐かしいすべてのものが　あなたを呼び戻してくれるように
そして　心の中にしまいこまれたすべての言葉
あたたかな流れが　冷たい海藻の迷路から
あなたを導きだしてくれるように

かつて育んだ子を想う　私の躯は朽ちていっても
思いはずっと共にあるでしょう
水平線に散らばる島々　荒れる海の航海や
大きな世界を巡りめぐって
遠くたどる家路にも

My body is your means of reckoning:
Three stars above, the gulf stream warm below,
My arms the coast your little craft stays close to.
Later, my love, when you set out alone
On deeper, colder waters, take my soul.

Let all the things we used to say return
Like angles among lighthouses and planets
For you to make your own triangulations,
And all we left unspoken, warmer currents
Threading the chilly maze of kelp and coral.

Material or not, my body's yearning
For the grown child it nourished once will stay:
Archipelagos scattered towards the horizon,
Involuntary tremors on the sail,
The great world rounded and a long way home.

# 一輪のスノードロップ

雪はいつもよりうんと早く、万聖節のすぐあとに訪れた
青黒く萎れた草も、地面を厚く覆う苔もまだ手つかずのまま
樫、楓、胡桃の葉が庭に散り敷いた地面に
固く編んだレースがほどけるように
雪が降り、消えゆく
昨年の雪が消えゆく先は天国か地獄か
いま、マホガニーが縦横に積もる
黒金に凍る土のすきまに
スノードロップが一本、顔をのぞかせる

二月にはまだ遠い森の際に
つい先週のこと、愛らしい少女のような姿をあらわした
落ち葉をはらった指の先
身を縮めるようにお辞儀して
凛と咲く一輪の花
ひそやかに立つ、ときならぬ季節の申し子

# Snowdrop

Snow fell so early this year, just after Allhallows,
We never finished the ritual of raking clean
Livid grass and cushions of stricken moss.
The yard's still matted with leaves, oak, maple, walnut,
Visible once again as the snow recedes,
Tatted lace unravelling, going wherever the snows
Of yesteryear retire to, heaven or hellward.
Under the mat of crisscrossed mahogany
And black gold crusted with ice, one snowdrop thaws.

She stands already in the outmost bed, bordering
Woods, though it is only February, turned,
Dear smallest daughter, less than a week ago. I laid
The coverlet of leaves aside and there she was,
Furled on herself and bowed, but blooming hard,
Sober, exquisite child of an uncertain season.

# Snowdrop
一輪のスノードロップ

K. MURAJI

あとがき

Messages

著者あとがき
# 日本の読者のみなさんへ

こどもとその成長をテーマにした詩をめぐって、深く作品を読みこんでくださった翻訳者の早川敦子さんと一緒に、幾度もやりとりを重ねながら日本語での出版に取り組んできました。その過程で気付いたのは、私が当たり前のことのように思い込んでいたことも、日本の読者のみなさんの文化の中では必ずしもそうでないということと同時に、私たちに共通のたくさんの人生の経験があるということでした。

春に咲き初める花々や、落ち葉や、冬には雪をかき分けて歩く道、そこに見出す喜びは同じなのです。そのような小さな生命が勇敢に生きていく様子と、こどもたちが育っていく美しく生き生きした姿が重なり合って、私たちにインスピレーションを与えてくれます。こどもたちの発見には、特別の喜びがあります。雨！　水たまり！　ピアノから初めて音楽が生まれたとき！　でも、時として発見は、悲しみを帯びていることもあります。おもちゃの銃で遊んでいた小さな少年が、戦争の現実を知るときのように。こどもたちの喜びを感じるときと同じように、私たちはそこで悲しみも共に分かち合うのです。こどもたちは共感という感情を、私たちに教えてくれます。

いわさきちひろさんは、心を打つすばらしい絵を通して、村治佳織さん、そして谷川公子さんは音楽を通して、私たちにその共感を感じさせてくれています。

私と日本の読者のみなさんの間になにか違うものがあるとするなら、それは空間と時間という、人生の二つの側面を捉える捉え方だろうと思います。みなさんも、きっとクリスマスのことはご存じでしょう。でも、イエスさまのご降誕を待つ待降節のことや、3人の賢者が荒野をぬけ、星に導かれて、イエスさまが誕生されたベツレヘムの貧しい馬小屋まで旅を続けたことなどは、知られていないかもしれません。でも、「養子を迎える」という詩の最初のほうに、「星に導かれる」という表現があることにお気づきでしょうが、それは、私たちが雪をぬけて、フィラデルフィアまで二番目の養子の子どもを迎えに行くときに、ちょうどその3人の賢者のことが心をよぎったからでした。

このようなキリスト教文化、そして歴史や伝統は異なるものですが、私たちはともに、地球の上、太陽系の中に同じように家をもち、太陽をめぐりながら自転する地球には、春分と秋分、夏至と冬至が訪れます。そして、月の巡行が一年の月を与えてくれます。このような素晴らしい規則性を通して、太陽系は時間と空間の中に、私たちの家を創りだしてくれるのです。

一方で、私たちは家という存在を、場所として認識します。でも地理的な意味での場所は、地球の中の一点であると同時にとても身近な地域としての場所でもあります。私たちはアメリカ合衆国の東海岸にいます。そこから、南に地中海、北には

バルト海、東に黒海を臨む北ヨーロッパと向き合っています。私が住んでいるのは、合衆国の中のペンシルヴァニアですが、たびたび仕事でフランスに行き、第二外国語であるフランス語を使います。フランス語の本を英語に翻訳したり、私の詩集がフランス語に翻訳されたこともありました。10年前には、家族とともに研究休暇で1年間パリで暮らしました。「薔薇」の詩の中の光景は、私たちが暮らしていた17世紀の建物に隣接する15世紀のお城が背景です。とてもロマンティックな風景でした。パリは東京と同じように、誰もが知っている街でしょう。

でも、「薔薇」は、「本当の弾丸」と同じテーマをもっています。小さなこどもの目を見つめていると、私たちは誰もが等しくもつ洞察力で、地球のために正義を行わなければならないという使命に気づくでしょう。どんなこどもも、水や空気や食べ物、そして教育と喜びを与えられる権利をもっています。一人ひとりが、私たち大人にそのことを訴えているのです。だからこそ、私たちは戦争を決して美化してはいけないし、平和の文化を創り上げるために、情熱と知を注ぎ込まなければいけないのです。家族の中でいざこざがあったとき、それを暴力で解決しようとすることが愚かなことであるのと同じように、戦争に向かうのは、愚かな破壊的な行為でしかありません。そのような思いもあって、私は長い間、こどもたちのために活動を続ける様々の組織を応援し、この本（アメリカ版）の売り上げで、ささやかですがユニセフを支援しています。

日本で出版されるこの詩集が、こどもたちへの、また新しい応援になればと願っています。

2015.12
エミリー R. グロッショルツ

訳者あとがき
# 「こどもの時間」が未来へとつながりますように

新しい命の誕生を迎える思い、成長してゆく姿、そしてやがて訪れる巣立ちのときまで、刻々と過ぎて行く時間のなかに、母親はみずからの言葉を心のなかに育んでいく。哲学者でもある詩人は、一瞬一瞬の命の輝きを鮮烈なイメージで記していくなかに、母親としての自身の姿だけでなく、「だれもがかつてはこどもだった」記憶を紡ぎだして、読者の私たちの思いをつないでいる。

そこに普遍的なメッセージを感じて「こども時代」(Childhood)という原題を、あえて「こどもの時間」と訳してみた。その時間は、かつてこどもだった私たちが初めて出会った外の世界の輝きや、言葉や、驚きが、未来のこどもたちにも訪れることを思い出させてくれると思ったから。そのかけがえのない時間に思いを向けることが、平和への願いに重なるのかもしれない。

ここに収められたいくつかの詩、たとえば「本物の弾丸」や「薔薇」は、平和が決して所与のものではないことを、そして私たちが重い課題を負っていることに目を向けている。いわさきちひろさんの絵が、おどろくほどしっくりとこの詩集の空間をひきうけているのも、平和な世界をこどもたちにと願ってやまなかった彼女の思いが、詩人の言葉に共鳴しているからだろう。そして、言葉を深く響きの中に受けとめながら、空中に解き放つ二人の音楽家が、詩集に新しい生命を吹き込んでくれた。雨を見つけたこどもの喜びや、ピアノの鍵盤から生まれた音楽の

驚き、そして一輪の花の凛とした美しさまで・・・。言葉と絵、そして音楽という表現が響き合うこの詩集が、新たな試みとして語りかけてくれることを願っている。

ちょうどこの詩集を訳していた夏のこと、イギリス人の小さな少年と出会った。4歳半のハンフリー。彼は、心臓に重い障害をもってこの世に生まれた。すでに5回の手術を受け、病院と家を行き来する日々はどんなにか苦しいだろうと、心が痛んだ。ところが、小さなハンフリーは、生き生きと、全身から命の喜びを溢れさせた素敵な男の子なのだ。目をキラキラ輝かせ、自分の好きな詩を暗誦してくれる。両手に、折り紙でつくった小さなボートを揺らしながら、「ぼくは舟に乗って航海にいく」という。「海は、どこから来るの？」好奇心に突然目をまん丸にして。ゆりかごに満ちていた「言葉」が、少年の魂をこんなにも健やかに生かしていることに、私は胸が熱くなった。「カリブの海賊」は、小さなハンフリーに贈りたい詩だ。

「こどもの時間」から、いろいろな思いを感じてくださったとしたら、訳者としてこんなにうれしいことはありません。そして、この詩集を一緒に創ってくださった方々に、心から感謝申し上げます。

2015.12<br>
早川 敦子

Emily R. Grosholz　エミリー R. グロッショルツ

米国ペンシルヴァニア州立大学教授（哲学）。フランスのパリ第 7 大学 Paris Denis Diderot（パリ・ドゥニ・ディドロ）の SPHERE（スフェール）研究員ほか、30 年にわたって文芸誌 *The Hudson Review* の社外編集委員を務めるなど、4 人の子どもを育てながら、幅広い活躍で知られる。

いわさき ちひろ　いわさき・ちひろ

画家。岡田三郎助、中谷泰、丸木俊に師事。子どもを生涯のテーマとして描き、9400 点を超える作品を残す。代表作に『おふろでちゃぷちゃぷ』（童心社）、『ことりのくるひ』（至光社）など。1977 年、アトリエ兼自宅跡に、ちひろ美術館・東京開館。1997 年、安曇野ちひろ美術館開館。http://www.chihiro.jp/

早川 敦子　はやかわ・あつこ

津田塾大学教授（英文学）。専門は、20 世紀から現代に至る英語圏文学、翻訳論。翻訳に『記憶を和解のために』（みすず書房）、『クマのプーさんの世界』（岩波書店）、『第二楽章 ヒロシマの風　長崎から』（英訳・徳間書店）、著書に『世界文学を継ぐ者たち ― 翻訳家の窓辺から』（集英社新書）ほか。

村治 佳織　むらじ・かおり

ギタリスト。14 歳でリサイタルデビュー、15 歳で CD デビューをする。パリ留学帰国後、本格的なソロ活動を展開。NHK 交響楽団をはじめ国内主要オーケストラ及び海外のオーケストラとの共演も多い。2003 年英国の名門クラシックレーベル DECCA と日本人としては初の長期専属契約を結ぶ。

谷川 公子　たにかわ・こうこ

ピアニスト・コンポーザー・プロデューサー。加古隆（ピアニスト・作曲家）に師事。自身の演奏活動はもとより映像と一体化した総合的な音楽制作、プロデュースまで幅広く才能を発揮する。2008 年公開映画『火垂るの墓』では音楽監督もつとめ、ギター曲『一億の祈り』を作曲した。

## こどもの時間 *Childhood*

2015 年 12 月 26 日　第一刷発行
2018 年 8 月 12 日　第二刷発行

| | |
|---|---|
| 著者 | Emily R. Grosholz |
| 訳者 | 早川敦子 |
| 絵 | いわさきちひろ |
| 楽譜 | 村治佳織、谷川公子 |
| 編集協力 | ちひろ美術館、松本猛 |
| 発行人 | 影山知明 |
| 発行者 | クルミド出版 |
| | 〒185-0024　東京都国分寺市泉町 3-37-34 |
| | 　　　　　　　マージュ西国分寺 1F |
| | 電話　042-401-0321 |
| | メール　hon@kurumed.jp |
| | ウェブ　https://www.kurumed-publishing.jp/ |
| 装幀 | 太田真紀 |
| 印刷・製本 | 藤原印刷 |

原著 *Childhood* から、本著は 18 編を収録しました。

落丁乱丁などの場合はお問合せください。
本の修理、製本し直しのご相談、応じます。

○今回の本づくりは、Emily R. Grosholz をよく知る元広島市長の秋葉忠利より、早川敦子に相談が持ち掛けられたことで始まった。2015 年が戦後 70 年にあたる節目の年であることから、年内の発刊にこだわった。
○翻訳に際し、原詩がまとう文化的背景や硬質感を損なわないよう注意を払った。その分起こるかもしれない日本語読者にとってのとっつきにくさに、いわさきちひろの絵が橋をかけてくれているように思う。絵の選択やあしらいにつき、松本猛の全面的な協力を得た。
○詩を音読した際の響きも作品の一部であるとするなら、音楽とは隣り合う存在。詩の朗読に加え、村治佳織、谷川公子による楽曲が作品鑑賞の味わいを深めてくれると思う。二人は普段めったにしないという手書き譜面の掲載にも快く応じてくれた。
○ブックデザインは太田真紀。各方面の第一人者による仕事の取りまとめには神経も要したと思うが、持ち前の執念深さで原稿と向き合い続け、細部にまで意識をめぐらせた仕事に仕上げてくれた。
○翻訳詩ということもあり、日本語詩でも横書きを選択。結果、縦長となる判型のモデルを探しているとき、集英社文庫版「星の王子さま」と出会い、参考とした。
○日本語詩のフォントは本明朝-M 新がな。英語詩は Palatino。
○表紙は、NT ラシャのひまわり。元気な黄色が読み手との間に立って、ともすれば厳かさや落ち着きへと向かってもおかしくない本作品を、未来へと開いてくれていると思う。ブックカバーと帯の間のような役割の紙は、スタードリームのクリスタル。
○本文用紙は b7 トラネクストの 71.0 キロ。見返しは、TS-3 タントセレクトの N-8。独特のエンボスパターンによる紙の表情が、P.92-93 の「雪のなかで」を経て舞う雪にも見えてくるのではないかと思う。
○表紙の黄、しおり紐のベージュが一体となって、P.57 にある「黄色い一輪のバラ」となることを目指した。
○印刷は「心刷」の藤原印刷。タイトなスケジュールの中、無理かと思うような注文にも現場の創造的な知恵で全面的に向き合い、応えてくれた。本社のある松本は、いわさきちひろ、太田真紀の故郷でもある。
○多くの関係者が見返りを期待しない献身で作品づくりに参加してくれた。本作の収益は、本書の普及と、そこに込めた願い ——こどもたちの幸福な未来のために活用していく。

(発行人)

クルミド出版は、土でありたいと思いました。
土は動きません。ずうっとそこにあり続け、水や光の恵みを得て、生命を育む本（もと）になります。
土は種を受け止めます。根に抱きしめられ、抱きしめ返し、種がやがて、その種にしか出せない小さな芽を出す、その時を待ちます。

至哉坤元　万物資生
至れる哉（かな）坤元（こんげん）　万物資（と）りて生ず
大地の徳とは、なんと素晴らしいものであろうか。
万物はすべてここから生じる。

中国の古典『易経』の一節。
クルミド出版は、土でありたいと思います。

クルミド出版の本

27歳、かつての友を訪ねに世界を旅する
道はヨーロッパ・北米、中東を経てエジプトへ

「10年後、ともに会いに」　　　　　　　寺井暁子 著

---

あなたの中に「あなた」はいますか？
日々の涙やおかしみを、エッセイのような詩に託して

「やがて森になる」　　　　　　　　　　小谷ふみ 著

---

１４０年の時を経て、2つの景色が結ばれる
嘉瑞工房の手による活版印刷の箱舟に乗せて

作品集「月の光」　　ヴェルレーヌ、ドビュッシー、小谷ふみ 著

---

それでも、世界は美しいということを教えてくれたのは
いつもマスターだった

「りんどう珈琲」　　　　　　　　　　　古川誠 著

---

クルミドコーヒー店頭、ウェブサイト、協力各店にて販売中。
https://www.kurumed-publishing.jp/

メール　　：　hon@kurumed.jp
ツイッター　：　@kurumed_pub